U0922133

北冥集

金宝　著

文匯出版社

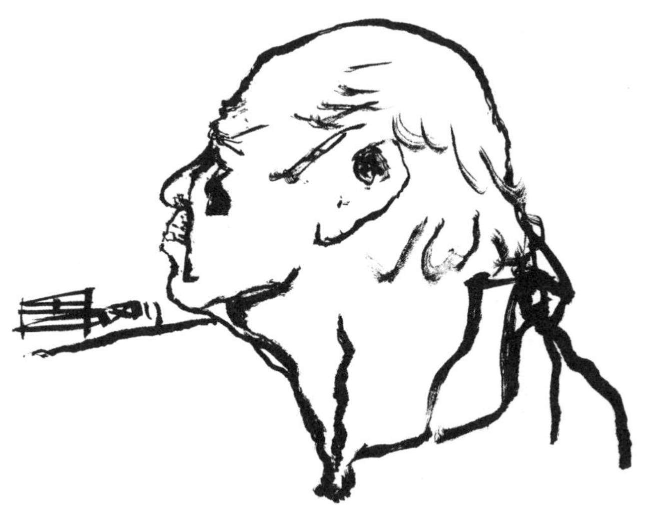

金宝，1969 年 11 月初生于辽西台安，字逸夫，号南山觉士、芥雨轩舍人。吉林大学历史学博士，鞍山师范学院国学中心主任。气属春秋，性耽唐宋。著有旧体诗词《清风集》《云水集》《古调新歌》三部。

北冥，玄武之居，气尚黑，属冬，主北方。

赠金宝二十四韵（代序）

刘耀业

大唐遗子在[①]，金宝有诗才。
胸臆接千仞，神思荡九垓。
摘云织锦绣，啜雨孕珠胎。
呕血凝奇句，掏心酿玉裁。
清风独信步，云水自徘徊[②]。
荦荦山中桧，灼灼月下梅。
沈园伤弱柳，荆楚吊斯材。
贾岛烧风瘦，长吉画鬼哀[③]。
文辞随调遣，平仄巧安排。
造境何瑰也，结篇甚伟哉。
三坟充奥府，五典筑灵台。
继晷焚膏尽，隋和岂久埋[④]。
芳年声渐起，未老顶先颓。
比拟头陀傻[⑤]，仿佛罗汉呆。
任侠扬本性，仗气放形骸。
地府因谁闭，天门为我开。

乖张情少忌，睥睨眼常白。
菩叶心间种，蟠桃梦里栽。
寻仙游桂殿⑥，问道访蓬莱⑦。
鹓鸟扶摇志，鸱鸮安可猜⑧。
浮名如粪壤，蜗利等尘埃。
巨卺涤肝胆，深杯洗愫怀。
何妨化异类，猫鼠亦同侪⑨。
拼却今宵醉，呼君上酒来！

注：

①“大唐”句：金宝《丁酉大暑试笔》诗中有“整顿文章千古事，大唐遗子又重来”句。
②“清风”二句：《清风》《云水》为金宝所著二诗集。
③“贾岛”二句：贾岛为唐代著名苦行诗人，诗风险僻寒峭，苏轼将其与孟郊并称为“郊寒岛瘦”，其《寄朱锡珪》诗中有“长江人钓月，旷野火烧风”句。李贺字长吉，诗风诡谲幽冷，喜用“鬼”“泣”“死”“血”等字，人称“鬼才”。金宝《丁酉大暑试笔》诗中有“长吉画鬼无情似，司马说书有幸猜”句。此二句暗指金诗在风格上与李贺、贾岛颇有相似之处。
④隋和：隋侯珠、和氏璧的略称。
⑤头陀：行脚乞食的僧人。金宝《清平乐·五佛顶》词中有“五佛当中打坐，从今六个头陀”句。
⑥桂殿：月宫。传说月宫中有桂树，故称。
⑦蓬莱：传说中海上三仙山之一。
⑧“鹓鸟”二句：《庄子·秋水篇》：“夫鹓雏，发于南海而

飞于北海；非梧桐不止，非练实不食，非醴泉不饮。于是鸱得腐鼠，鹓雏过之，仰而视之曰：‘吓！今子欲以子之梁国而吓我邪？’”李商隐《安定城楼》诗：“不知腐鼠成滋味，猜意鹓雏竟未休。”

⑨“猫鼠”句：金宝《贺新郎·难》词中有“情到深时拼大醉，管煞变猫作鼠”句。

（作者系当代诗词鉴赏家）

金寶老弟有
詩人之才名士之
風儀能善詩於
己益之以學持之
以恒焉不大成哉
癸未年秋柳
文俊並記

枕流

题南山先生

半个达摩半济公，
周公谓我是颠翁。
酒酣又做庄生梦，
遁入南山大气中。

丁酉初正月赠中国诗词大会

谁是当今八斗才，康君该死我该埋。
诗词大会飞堂令，书剑长闲点将台。
采石矶头空对月，浣花溪畔懒倾怀。
风骚无力追唐宋，煮酒青梅待客来。

归隐者

二十年来半是非，人前落得几安危。
功名本是花千朵，仗义无非酒一杯。
大雪满山寻道士，春风拂面唤新雷。
城中从此无牵挂，芥雨轩头戴月归。

念奴娇·长白祭雪

莫贪情也，不应该，万里先回行迹。大漠烟尘吹更远，从此宁无消息。抛去春心，只留冬念，独上清凉国。天涯此际，伤心不再似我。

百事都到心头，问泥菩萨，可解今宵月？大醉当能都忘却，小醉笑亲三客。忍把浮名、竹竿穿挂，来祭一堆雪。闲不如死，为君骑鹤吹笛。

念奴娇·万古

万古风流，几人是，翻转江河人物。信史茫茫，都化作，地下茅墙土壁。试问当年，可知今日，一笑头飞雪。经书皆破，误了人间豪杰。

而今我问江山，几多兴歇，芳草无情发。泪眼文章身后事，多少深情淹灭。待老何时，由它去罢，执手衔华发。春风一片，竟如沧海霜月。

念奴娇·千山

千山花鬼，绿头发，似有游人传说。辽左古来无奇士，连累灵山失色。风疾穿林，万千碎叶，八月先来雪。诸仙诸佛，宁在人前冷落。

何妨常住山中，不求身外佛，全都是客。最怕人来惹孤独，俗子胸襟未灭。巧笑天君，几人能识得、江山一叶。传说依旧，冬风正在边界。

凤凰台上忆吹箫·新亭

霜露新催，溪山渐远，别家岁暮云平。旧友皆分散，为利轻名。升斗微官半世，谁知我，月入金觥。飘零事，了无牵挂，去访新亭。

离情，把清躯染病，再不肯颠狂，从此安宁。待百年非远，羽化无形。未必烟消云散，执素手，冷落长星。伤心事，无语凝眸，且待来生。

满庭芳·玉日

四十一年，天生丽质，引来昆玉真香。雪肤花貌，顾盼溢琼浆。秋水盈妙曼，凝脂乳，处子含芳。兰椒小，山低风淡，伴月睡花廊。

思量！那时起，山湾水畔，乍泄春光。有城外心情，云想衣裳。西子何妨见妒，千载后，绝世无双。执香袖，朝云暮雨，浅浅问檀郎。

流年

流年万事各匆匆，百赖浑如去听钟。
雪掩梅花春色近，峰藏道观法门空。
谁曾物换元辰里，我本心移卦影中。
面对青山称不老，与君同日乘飞龙。

鹊桥仙·花虫

城东并影，江南合梦。云水兰舟春渡。只消烟雨会滴愁，问花年，倾倾谁顾？

眼前不在，心头不去。月下盈盈秋露。花虫不管解人情，只管睡，花心深处。

声声慢·缘戒

八年种血，含苞谁见，如今籽成花谢。只道神规仙则，灵儿无戒。放下或重拾起，似前缘，春山识破。躲着影，避着声，日日焚炉铲火。

古洞柴深夜半，捧残经，打坐清风冷月。云水情怀，说来只剩孤客。看破不如做破，待死身，凡心先灭。犯花魔，结色果，终成先觉。

千岛湖

等闲绝地起波涛，到此梅前已厌高。
月过瑶池愁失色，风来阿母暗生娇。
雾脚群峰飘玉带，云头列屿闪金腰。
千湖饮罢难为醉，只唤仙人洗客袍。

驻马

驻马鞍头见日沉，勤于胸肺懒于心。
此生只为东风约，一首诗成敌万金。

扬州

迁客莫还京，乘风下广陵。
桥深藏水阔，云淡露山平。
玉秀非轻色，花香不重名。
扬州归去也，隐者自无形。

绮罗香·雪色

庙冷灯残，川停花落，雪色争如心色。面壁欣然，从此天涯孤客。纵能解、万种风情，也难对，一宵清月。酒魂空，不压病魂，甚矣甚矣吾衰矣。

江南枉负深情，只有江流默默，凄凉如泣。华发飘零，梦里涛声相迫。有这般、云水生涯，念谁似，悄然无迹。又消磨多少光阴，待身后明白。

青湖

厌厌青湖忆故人，凄凄萍水惜流春。
江间苦雨连苍树，塞外酸风接紫云。
帝母那年偷借种，明皇何夜不招魂。
请持斑竹千秋泪，为结青萝万岁心。

河东

五帝三皇种麦苗，中原元气葬中条。
双林寺里无香火，永乐宫前少画桥。
时尽不由关圣眼，国倾未解贵妃腰。
江山自古成一梦，东去黄沙逐浪涛。

鹳雀楼

白日当空起，黄河始向东。
高楼期鹳雀，千古不群风。

当涂

当涂逢李白，莫惊青山龙。
天门对楚客，无意愧江东。
怒波吞醉月，长鼻吸霓虹。
磊落生前事，千古不群风。

减字木兰花·东坡

似谁憔悴，满地落红惊梦碎。别有寻思，窗下湿云合泪低。

几多无奈，任似东坡身在外。老未还乡，只有风流一雪堂。

行香子·戊子生日

夜影成虚，寒露凝初。杳无声，雾满东湖。冠摇斑殿，袖舞娥姑。正金风懒，菊花老，小山孤。

云开月冷，曲尽人疏。怅凋零，我亦何如。君臣旧梦，江海沉浮。有心中事，云间友，岭头书。

西江月·世事

世事从来媚眼，人生难得如心。霜林已去日西沉，更北谁知此信。

雁老离群已惯，风凉桥水多阴。再回天地已无春，对酒闲愁更近。

满江红·逍遥游

廖廓雄怀，只今似，寒凝大地。萧杀尽，老天铅血，莽原生气。漠北只应弯满月，关前未必识君意。有谁知，天地此时心，霜如泪。

褐风起，百虫死；云有岸，天无界。笑神规仙则，小儿游戏。落得人前虚扮相，不如抛下凡间事。算尔能，解我一生愁，知天力。

摸鱼儿·东湖

几多愁，似江南雨，遥遥云水深处。烟纱薄掩仙人冷，云里与谁同住？寻画浦，探春去，一川秀气含圆渚。龙波影舞，岛上有遗踪，依稀树马，脉脉待招渡。

消魂事，水墨丹青赠汝。深深此情难诉。仙池若待重来早，水绕山环无数。天将暮，牛声起，劳音缓缓花开曲。问君不语，正画雨云窗，人来不见，短笛横长赋。

满江红·三界

域外还心，临三界，春花秋月。尔身空，云何说苦，小儿时节。一统山川唯夜色，残杯幸有天池约。问何人，欲嫁美林娃，听家乐。

人非主，休讥谑；忘形去，飘摇客。枕山头，墨海形憨醉也。腥气喷窗谁识得，香消新酿当年雪。待轻狂，酒醒似长鲸，天知我。

梦江南

淡风吹梦醒，浑似旧江南。
雨巷黄昏里，角门寂寞关。

芙蓉村

妹子耕云去不回，芙蓉塘外有轻雷。
岩头降下玻璃翠，绿水堆中出粉堆。

长白西麓

云外青山楼外楼，人生难得此间幽。
洗心泉水松间鼠，悦耳蛙声草底鳅。
头上山林摇客梦，身边云雾系归舟。
等闲忘我生新我，燕子为邻君莫愁。

鹊桥仙·七夕

销心桥上，离愁河畔，谁愿佳期如梦。牛郎织女再相逢，或恐是、彩蝶香冢。

情深已烂，身轻欲散，幸有良宵已共。风云雨雪到何年，能不被、词人语弄。

望海潮·河栏

溪山初雨，云头堆雪，春风偶遇河栏。花事正浓，人家未醒，兰河旧梦无边。村野浅含烟，粉沟乱流翠，飞瀑三湾。彩蝶殷勤，锦鸡扑觫，入桃源。

心随叠嶂连环。有亭台古道，野渡空船。诸壑共通，群峰各据，飞来万座神仙。一步便登天。鼓瑟吹箫者，博带峨冠。到此披云种月，不去问江南。

鹊桥仙·春时

垂丝缕缕，新芽点点，更说离愁不敢。过江渡海怕逢春，却赶上、春时也晚。

花听夜雨，鸟鸣朝露，惹得相思满眼。偏偏寄梦又相同，怎能把、柔肠扯断。

太湖

秋雨滂滂秋草深，画云闲弄太湖心。
分明都是销金窝，愿结江南一辈亲。

满庭芳·秋色

秋色连天，千山极目，万古一片苍茫。事随心境，任疏雨斜阳。莫道人生易老，知音少，君与长江。书重寄，今宵酒醒，苏子也魂伤。

牵肠！和梦好，孑然夜半，对影成双。把卷遣幽怀，字字行行。哑笑庄生化蝶，消索后，寂寞何妨。今晨课，城头望断，灯火又临窗。

鹧鸪天·花娘

朝信重回夜影中，音从线断又成空。湖山雪色残应重，臂枕春风远更浓。

深巷外，小桥东，几回别梦与君同。年来勿放梅花手，泪与花娘一样红。

驿路

驿路梨花过眼开，一生情重岂合该。
含忧不向虱群怨，论笑当为玉子乖。
已揽山河虚大谷，更怜风雨上高台。
相托万里红尘外，谪信飞天入梦来。

读史

书卷看磨不朽身，寒风子夜却生春。
千年功业随流水，万里山河入锦云。
每遂官筹休放客，最怜时用是诗人。
无端论作英雄恨，喜窃金杯拜使君。

阮郎归·西施

西施仍在似当初，当初亦不如。当初千里万行书，如今半字疏。

秋风冷，锦车孤，霜眉怎么舒？浣花溪畔影成虚，诗成人却无。

蓦山溪·神话

壬辰清明

雪溪春满，闲也无人管。玉谷落凡间，问神仙，前缘相见。思魂羡骨，画影总难描，凭素眼。声一色，到此灵心懒。

春君约个，枝上风铃浅。娥子列芳丛，皆顾盼，蛮腰轻展。冰消时候，一霎解寒衣，识天香，清明晚。老意新来远。

踏莎行·清明

谁解清明？春来时候。十分寒色添不够。城南城北共织愁，与君携手黄昏后。

金柳生新，铜云怀旧，山河相对皆清瘦。送君一曲踏莎行，眉梢更把眉梢扣。

芥雨轩

无涯过了病中身，芥雨轩中净是尘。
曾许清风如逝梦，再翻云水少知音。
莫凭月老轻怜客，谁道心凉紧似春。
水北山南无限远，蟾声渐起渐黄昏。

十年

十年风景最相谙，不惜枯荣惜自然。
朝对清风闲似道，晚临云水妙非禅。
青丝少向霜华白，心血未随笔墨干。
一盏温茶无日夜，花香城北又城南。

唐诗

云薄风重临寒水，山中落叶吹不起。
半世未曾解心肝，熟人都在唐诗里。

甲午千山初雪

不在山中不是仙，千山雪后景无边。
紫云堆里玲珑塔，圣日台中抱朴莲。
春酒半壶闲对饮，行歌一路苦无弦。
香岩何日生青柏，唯我独居天地间。

龙窝

未出山时称作玉，但着人后即成瑰。
千层火后寻千岭，一亿年来指一枚。
金鳌系瓠天壶满，琼海衔帆日影肥。
万里风云皆手握，江河湖海泛春雷。

千山香岩寺

深山逢古寺，梵鸟识禅音。
冷日残林近，罡风石塔亲。
莫问家园事，谁知游子心。
感君惆怅意，万里望归云。

闲居

枣树与苹枝，小桃春梦时。
鱼游坞柳谷，鸟叫野云溪，
村舍花先到，禅房客不知。
天明无所寄，只有一行诗。

乙未秋分千山

永日入高林，深山藏古今。
红心染霜叶，蒸气变流云。
万籁随虫叫，千华立法门。
开元多混沌，偶尔是秋分。

古道关

新道何如古道难，千峰顶上有雄关。
仙人洒下千行泪，浪子曾经万古禅。
我欲吹箫无彩凤，君曾弄玉入花山。
春风不羡潇湘远，雁字回时鬓已斑。

千山暮鸦

绝响出高林，清音遏白云。
千山有玄鸟，与吾独相亲。

香岩寺

古刹蟠龙出世间，上人何苦作神仙。
泉声只伴松涛动，云气长随日影眠。
万抱一围皆舍利，春花秋月各能禅。
昆卢性海无常事，华藏玄门总不关。

寄香岩上人

山中无雨亦无晴，云去云来各自行。
鸦粪添茶冲野味，青苔滑倒更从容。
塔前莫说仙人远，阶下请闻涧水清。
坐对老松消永日，闲情正好写心经。

己亥大暑

迟日过南山，闲云栖北湾。
高天归倦鸟，大暑听鸣蝉。
风动滴清露，花开上古檐。
恍惚人影在，寂寞角门关。

丙申中秋赋月

月光从不解人愁，只怪骚人刻意求。
湛湛清虚无上境，滔滔银色是中秋。
枉教今夜春心发，羞使当年秋水流。
若到相逢何处似，一轮明月照白头。

浣溪沙·东山

丁令何年骑鹤飞，唐王白马踏天雷。千山问道几人回？

山里不知山外事，岭头重寄水云诗。晚凉天气补秋衣。

吃茶

诗已香残鬓已斑，只余茎骨胜当年。
无为大道迷途远，济世风篷百洞穿。
陋室肥蛛新织网，上人旧债也该还。
吃茶还似在吃药，不问来生问眼前。

南行夜宿滨州晨醒感于李苏柳氏亦自怜才

半世风尘似走牛，无端也作李苏愁。
寻常杯里寻常酒，咫尺天涯咫尺舟。
昨夜鬓边添白发，今朝马上别青楼。
白衣卿相穷公子，不作偏安一土丘。

南行

不住江门住海门，长车万里为招魂。
酒随残梦凄凉醒，春到江南无限深。
故国不堪伤往事，先贤无奈作红尘。
独驱瘦骨天行马，回首乡关无故人。

丁酉惊蛰再游山阴

禹陵长卧会稽山，千古阴阳事两难。
莫怪越王不好色，非独晋室喜偏安。
小楼夜夜听春雨，深巷朝朝哭沈园。
自我来前谁去后，风流不许葬江南。

拟歌行・绍兴

山阴故事随我行，只今唯有绍兴城。
我今来祭禹王陵，禹王长眠不忍听。
我今来访越王城，板巷墙高攀不成。
我今来拜古兰亭，诗书本不共齐名。
我今来游沈家园，春雨绵绵愁不完。
我今来看周家屋，三味百草已半芜。
我今来饮女儿红，咸亨店大坐不能。
我今去罢何再来，桂花香色满城开。

沈园

行到山阴已断魂，风敲隔壁沈家门。
我如秋水天边雁，君似春闺梦里人。

南浔

南浔古镇小春楼，雨打苍桥石上流。
竹影斑驳先欲碎，花房凌乱后难收。
七年遗梦浮萍水，两地传书落叶舟。
风起红灯吹将散，泪宵残恨结千愁。

凤凰古城

湘西春雨夜生寒，吊脚楼中答客难。
云里边城伤往事，沱江流过恼人滩。

念奴娇·浔阳楼怀古

大江夜半，莽苍苍，万里竟如无物。一出昆仑便阅尽，千古人间春色。浪下三吴，云横九派，直道生雄杰。江山默默，任尔争相惜别。

遥想苏子当年，指点周公子，合称赤壁。风雨西来，都卷起，无数风流往事。江底沉埋，铁马金戈骨，晓风残月。人生无梦，一轮红日长澈。

拟歌行·丁酉季春访宣城吊古

敬亭不是山，招来太白仙。谢眺非名楼，占得诗风流。
天宝惜才子，不教伴王侯。玉真真澈骨，死葬竹山头。
任是仙人也命苦，赚得终生志未酬。
任是天性爱风流，足未踏遍五十州。
吸酒捞月不惜死，时人共妒扁舟子。
不与世人争短长，不屑文章万古长。
万世只有太白仙，风度翩翩飞世间。

浪淘沙·涪陵江口夜宿

巴蜀万重山，去国千年。至今飞鸟不能还。碧水东流春欲尽，不见桃源。

渔火远连天，月上星船。唐朝往事在天边。只恐相逢浑似梦，相对无言。

涪陵夜宿戏题长江

君向东流我向西，春风春雨共沾衣。
巴陵道上多艰险，逢人便提李白诗。

汉中吊古（一）

不是关中是汉中，汉王成就霸王空。
只须拜将惜人力，何必拔山论武功。
自古英雄多磨难，从来草莽最穷通。
萧何月下追韩信，谁料悲歌挽大风。

汉中吊古（二）

得汉中者得天下，江水滔滔流到今。
得天下者失天下，常使英雄泪满襟。

法门寺

过后请君看法门，大唐皇帝不同心。
有人毁寺诛和尚，有人献上石榴裙。

宝鸡怀古（一）

西近胡天月色凉，渭城买酒劝君尝。
春风不羡玉门远，秋雨堪愁青海长。
自古有人留石鼓，而今无水渡陈仓。
可怜六国争先死，问鼎中原笑楚王。

宝鸡怀古（二）

又是一年马正肥，长沙万里骨成堆。
只能柳树称春色，无奈貂裘换酒杯。
自古英雄非好战，从来妻子枉凝眉。
可怜多少汉家女，不是和亲也不回。

题晋泰生客栈

春夜雨潇潇，晋中洗客袍。
磬无不宜老，挥手别平遥。

夜宿平遥晋泰生客栈

久寄乡愁常不达，天边鸿雁水中槎。
深宅一夜听春雨，老巷明朝寻落花。
宦海游方难歇脚，人生到此即还家。
诗书添腹肝肠顺，里下村夫忙种瓜。

平遥寄客

只剩江湖一叶舟，每回春梦却悲秋。
人生半世当托命，天地八荒合浪游。
枕上诗书消旧恨，耳边风雨结新愁。
平遥虽好无知己，把酒重登鹳雀楼。

南游八千里归记

八千里路十三天，瘦骨修成自在仙。
还俗破业无常相，云水衣裳天地间。

江湖

江湖夜色已阑珊，又见英雄抱酒眠。
四老凋零空骨冷，三街寥落剩心残。
从来诗客无闲话，到底村坊有病言。
君后无人堪入梦，秦皇岛外打渔船。

半字

半袋诗囊半酒囊，半枚青板半花光。
半生清醒半生醉，半在阴间半在阳。

湖里（一）

热风冷眼两无关，醒酒瞎猫变鼠端。
李子樱桃熟满地，本溪湖里水湾湾。

湖里（二）

一入湖湾是我家，天香粪土喂鱼虾。
鸟鸣蝉噪知音少，雨后黄儿学种瓜。

湖里（三）

谁教顽石赌新槎，脚下清鱼卖弄花。
山里村夫无量睡，霞光一片到咱家。

湖里（四）

群山转过不知花，翠鸟方飞见鼓蛙。
那个清溪黄到底，牛头岭下野人家。

湖里（五）

清溪饮过野无涯，半色朝阳纺绿麻。
聒鸟思春欺负树，清烟红瓦是谁家。

湖里（六）

湖里清云次第开，二王石下小蓬莱。
麻姑过岭寻沧海，乱入秧苗明镜台。

来日

来日无如去日多，逢生便死枕山河。
愁如块垒来天外，心似浮尘落地膜。
多一人堪少一己，学三狗到买三鹅。
黄君不死不如死，我在坟前自唱歌。

丁酉大暑

莫随幽梦入苍怀，莫与时前说旧哀。
昨夜新闻金缕曲，今朝忽遇断头台。
长吉画鬼无情似，司马说书有幸猜。
整顿文章千古事，大清遗子又重来。

丁酉大暑千山

微明遇大安，百鸟正参禅。
绿海逢中会，僧人散步还。
洗尘山后雨，解暑洞前滩。
独往独来惯，芒鞋答客难。

清平乐·丁酉处暑千山积翠人家

桃花溪下，野岸无牵挂。山外轻云行雨罢，些许土鸡草马。

千峰欲接苍穹，洒家借住当中。早起虫儿打坐，晚来明月邀松。

西江月·丁酉处暑千山积翠人家（一）

山上百年梨恨，山前千朵云闲。山根花草各无眠，山下蝉声一片。

人少偏生寂寞，人多更觉心烦。人来人去过金年，人生荒了一半。

西江月·丁酉处暑千山积翠人家（二）

山静无妨醉酒，风凉正好读书。秋来先到我家屋，两个呆儿同住。

天地浑浑甑釜，死生荡荡炊炉。篱房角落睡花猪，胡度春秋无数。

千山夏雨

于无声处听惊雷，原野山川着素衣。
天马行空何所谓，罡风入梦且由之。
已经乱雨浑穷夜，恰似残花不尽期。
点点冰心长滴露，天明不见道人归。

石桥村晓

未曾一日别南山，山半长围水半湾。
绿野流云风入梦，石桥晓月雾含烟。
烂柯洞上仙人岭，烽火台中古道关。
谁把三星先跌落，琼浆难得换清泉。

己亥暑中再游千山

阴阳交接在云中，半是充盈半是空。
框里江山人独立，怀中风月水无穷。
东方欲破青轮晓，南极新栽墨骨松。
脚踏天阶凉夜色，牵牛织女又重逢。

丁酉初冬题摩云山宝泉观（一）

宝泉观在破崖中，眼底青岚四五重。
罡气应回一道士，明碑无奈刻遗踪。

丁酉初冬题摩云山宝泉观（二）

山外青山云外云，梨花落尽雨纷纷。
如君不见仙人在，松径前头叩石门。

丁酉初冬题摩云山宝泉观（三）

出家总在深山里，炼法何须宝观中。
鼠把梨核当物主，悲欢心事莫关松。

鱼山怀子建

七步诗成奈若何，才高八斗葬东阿。
鱼山不死隋碑在，空见梵音演洞歌。

春日过唐庄

我似庄生蝴蝶梦，义山似我杜鹃歌。
坟前荒草发新绿，门后夕阳掩雀罗。

戊戌雨水弔瘗郏县三苏坟

清明未到雨纷纷，泪洒嵩阳苏子坟。
西望千年依翠柏，南行万里失朝云。
生前宦海悲三地，死后文坛喜一门。
空有才星同日月，如今泡影亦如君。

丁酉初冬小驻龙泉古刹演歌行

为乞明皇愿，辗转到龙泉。
塔下无新老，峰上有高天。
慈云随妙乐，香客正听禅。
西窗日影斜，东壁现莲花。
石磴别生死，来去似还家。
清泉无上饮，只乞一杯茶。

郏县谒东坡

静日幽怀入柏林，当年人物已空闻。
石生冷剩观天眼，墓阙残留枕地心。
寒竹江山空寂寂，孤鸿音影每棽棽。
几曾春去逢秋雨，夜宿风中洗泪痕。

卜算子・戊戌清明

无语问清明，昨夜葬花处。雪上香魂不得飞，寂寞家山路。

为我抱琴来，新奏泠泉曲。漫作一春穷尽游，有泪滴如雨。

卜算子・寒食

寒食乞新凉，树树清明雪。雪后梨花带雨开，开后青青别。

身有百回肠，心有千丝结。恁向东风借病魂，一段天香彻。

卜算子・花期

我未解寒衣，君已花先著。辗转清明赶上春，又被风吹落。

我爱弄清词，君爱临池墨。借个花期作酒期，无影闻香过。

台安

万里辽河万里沙，沙棘深处是吾家。
九湾不尽生霄震，八角独擎映晚霞。
大野长堤心浩荡，金风碧浪眼无涯。
从来草莽出天下，不若村头荠菜花。

苏子瞻

前生例是水曹郎，流置黄州号雪堂。
饮酒东坡非有意，停舟赤壁也无妨。
已经得罪王安石，何不阿谀司马光。
特许谪仙不顾命，此心安处是吾乡。

心经

春来阳气转时生，调律干支遍地青。
雨过千山才比润，风随百鸟已和鸣。
荷堂不远勤耕读，石塔初成忍住行。
留下大千成大梦，小僧夜夜写心经。

拟歌行·东坡祭

东坡不信古人诗，只比古人痴上痴。
乌台鱼案生先死，江海余波东复西。
西湖那里是春堤，岭南何处采荔枝。
自诩幽人难共语，每与和尚论天机。
当朝不避新天子，挂钱煮肉合时宜。
错在错时说错话，好在坏人也无私。
豪放旷达非天意，老少十人死不起。
颠沛流离为养生，不与时人时世争。
夫子如今作古人，风流文章遗世珍。

大千绝句

觉悟如如问大千，如何宙宇也无边。
浮生若到无无界，但觉如来是小仙。

卜算子·南山

　　我且去山中，君且来山外。山外山中各有时，歇脚休心在。

　　往事莫回头，天意多无奈。卷起佛陀一本经，忽忆东篱菜。

南山南独吟

病若梨枝苦若根，花期月下每穷吟。
清躯瘦骨堪消命，慈念悲心更索魂。
秋草春风无限路，小桥流水奈何人。
此生不负南山约，壁上空余浊酒尊。

临安

雪岭梅花带雨看，高宗犹自倚栏杆。
江南总被诗人误，不是西风不报寒。

竹林七贤戏辨

魏晋风流万古传，竹林未必有七贤。
刘伶醉酒无为世，向秀玄庄也空谈。
中散虚生广陵散，步兵终老为贪安。
山涛名器王戎李，中阮如猪借女欢。

伤商隐

作诗容易做官难，命比黄花叶更残。
心有灵犀无彩凤，情迷蝴蝶托杜鹃。
他生未卜此生苦，昨夜不如今夜寒。
君问归期空殒泪，西昆犹在镜中看。

题李杜

才最无情命最骄，只凭文气便心高。
长安还似朱门贵，举国皆如朽木凋。
他日争夸仙出世，当时不见圣还朝。
赢名但得赢时利，谁愿低眉换折腰。

诗家祭

唐诗已死宋词亡，白首迦陵枉自伤。
一枕山河非物力，重回日月感时殇。
桃花潭水深千尺，不见成都旧草堂。
饮罢东坡拼命酒，骚风万里再飞扬。

2013.1

诗词戒

唐朝气度宋雍容，国破家亡词最工。
万里河山轻入策，千年人事懒回矇。
咬文博士瞎争字，数典专家笨忘宗。
搔首弄姿烟粉像，沐猴也似白头翁。

怀古·用润之先生韵

桂月当空照大川，熟人都在宋人前。
百年不过云中笔，万里无非岭上鞭。
任尔王朝无限地，管他风雨奈何天。
圣贤历历埋黄土，一样悲欢起白烟。

评弹夜话

千古吴家词最工，青庵深处小桃红。
琵琶月冷姿容艳，画舫江清格调空。
西子悲欢因误国，阊门存废为争雄。
风流第几能如我，无问东西南北中。

达摩偈

九年面壁苦，一苇渡江难。
本是痴人影，修成断臂禅。

拟歌行·姑苏怀古

清晨寻梦桃花坞，人去楼空倚修竹。
花蛙跳上太湖石，石窝深浅藏新绿。
南山门前揖嘉缘，不见当年桃花庵。
姑苏巷老无仙贤，唐寅别业可栽田。
燕回平门里弄空，街长何处可听钟。
偶遇房后白头翁，画桥西畔古城东。
天放楼头觅诗才，伍员颈断眼仍开。
今人不见古人在，古人不见今人来。
石头沉底水空流，江帆依旧送翔鸥。
白云万里漫天愁，泪与韶光共悠悠。

拟歌行·东海独酌

东海复东海，何如此壮哉。
日月经行苦，天地自徘徊。
万里皆云盖，金光辗转开。
千里咆哮雷，呜吟更澎湃。
玉鸟凌空飞，浪花开不败。
风波远难测，角线分青黛。
倒影似黑马，长河如玉带。
昨日夔龙去，今夜鲸鱼在。
浪子已无多，天意愁不改。
宇中皆过客，淡淡下瀛台。

拟歌行·姑苏遗梦

吾意娶姑苏，意中是太湖。
太湖非节妇，生女名东吴。
吴江本花奴，吴山性端淑。
天意怜人意，芊芊意如初。
低眉含羞促，宛转启唇朱。
纤指弄风云，红颜能破胡。
一声西施苦，二声大王孤。
三声都作土，四声入画图。
天寒应落月，人醒怕啼乌。
听钟都似客，槐安筑新都。

拟歌行·江南别

一梦下扬州，了却古今愁。
二梦到苏州，伊人在小楼。
三梦回江南，人生已半酣。
江南雨如烟，萋萋别恨间。
风流空复空，大江只向东。
倦鸟识北风，夕阳无限红。
感君缠绵意，挂在衣钵里。
天欲杀才子，不如心先死。

拟歌行·黄君劝

君住东山东，我住南山南。
君烧千华窑，我炼诗大千。
三十八亿年，瀚海出古岩。
当时无人识，耸立地球巅。
云梯天上天，君来不可还。
我在云中游，为君驾青烟。
山无出奇貌，人非道士颜。
人烟离不了，终日饮霞丹。
心比古岩老，生死复循环。
躯壳如衣架，长卧但空言。
石分五色美，林下有甘泉。
鼷鼠修长生，羁鸟若流连。
见性皆烦恼，无我便成仙。
仙人知何处，往来天地间。

诗之沦

非是诗人久不能，百年家国了悲风。
酥情别恨词蒸熟，快意离愁语拌工。
未解平生滋味浅，但因长寿话题空。
呕心各自苍苍白，吐血难求一点红。

天命自题

人生已过少年时，欢海悲帆各自知。
天下大如一钵碗，心头紧似半句诗。
老庄道德俱忘矣，孔孟文章尽由之。
断代风流开慧眼，而今家国论加持。

桓仁晓起

江上微风岭上云，山城夏日却如春。
半天林海空闻雨，十里鸡鸣不见人。
隐隐青峦思画笔，弯弯碧水羡垂纶。
仙游枉向长生约，不若村夫燕子门。

临江仙·辽东

古往今来多少恨，原来最恨辽东。千山何事不争雄，仙人骑鹤去，只剩可怜松。

却问辽阳曾记否，当年也被屠城。大清毕竟已成空，张家无旧梦，此地有悲风。

临江仙·营口

都到天涯仍聚少，同城也是离多。牛庄营口大辽河，低帆飞白鸟，斜日照长波。

万水千山无限远，从前不尽消磨。人生如梦且呵呵，重来依旧是，村酒与山歌。

南史

谁是南朝一把刀，皇家薄命总难逃。
如何北府成西府，错怪当年司马昭。

隋史

列国风烟掩暮鸦，江东一片后庭花。
大王何必韩擒虎，天下只需张丽华。

坐化

蔑眼清高大丈夫，舍身忘性瘦心孤。
芸芸天地众生死，浩浩精灵一塔壶。
混沌初开无大道，红尘未了即穷途。
已能坐化成虚相，度外千千也自如。

千山五佛顶观风

长风万里荡尘埃，日上高云龙凤来。
大野千峰吞气象，雄心一脉入仙台。
山罡未了公孙事，草莽何须李杜才。
五色石头无处补，天崩地裂为君开。

梨花书院

石径禅房浅，梨花书院深。
山中天睡早，雪夜踏白云。

为学戒

——奉从家军书展

诗心书气两虚能，修道难圆修性成。
八面荒唐埋旧恨，半生恩怨结新朋。
杏林未识无花果，墨海独寻钓雪翁。
但得上师如上愿，敢持卑骨换悲风。

重生日记

——兼逢大雪

重生一岁可倾怀，别酒携诗岂壮哉。
大道无非偷日过，丰年只似炼心来。
横超界外当人类，虚度灵中做鬼才。
看破红尘脱不了，悲欣交集即天台。

花麦屯

大雪欲逢春，千山花麦屯。
野鸟藏林壁，清泉动石根。
家家闻犬吠，户户掩柴门。
山里无新有，岭头卖白云。

梨花词

华夏当文泽，代代出大德。
城市太精明，清音在村野。
人情多疏离，君子应散落。
朝汲泉水生，暮送云霞灭。
耕读事春秋，心中藏日月。
清风思圣贤，山中不寂寞。
闻道出天然，格物穷微舍。
返璞归真时，胸襟无沟壑。

戊戌岁暮寄京华诸友

块垒山河面壁寒，朝闻大道晚修禅。
世多草芥新能旧，人在江湖老更难。
我欲学仙无白发，君如知己少红颜。
貂裘换酒十年后，衣上风尘和泪干。

长信宫词

汉武销魂卫子夫，木人巫蛊祸皇都。
长门宫里阿娇老，勾弋黄泉命不孤。

沁园春·宇宙

小小环球，几个苍蝇，怒发冲冠。问未知世界，莫非心路；无穷宇宙，多少光年。道德文章，书生意气，指点江山眼不宽。人孤独，有黄鸡白发，生死归然。

谁家教主无言，只真假空虚一念间。算帝王将相，无非躯壳；功名富贵，更似云烟。驾鹤西游，扶桑东渡，日月轮回天上天。心如磬，借洪荒之力，饮马垂鞭。

大千词

我是南山员外郎，梨花书院种兰芳。
绵袍已共经书破，寒食又闻柴米香。
丝竹绕梁偏耳顺，佛光满地解心盲。
黄墙绿瓦长无碍，日日清流洗墨缸。

北平

路过人间行路难，谁曾沧海挂云帆。
阎王眼里皆如鬼，遗老心中半是官。
空有一蛾栖桂子，漫言五柳出桃源。
木鱼敲破偏更漏，梦里香山似景山。

古成今语

东郭不如南郭好，中山狼子滥吹竽。
朝三暮四捉襟肘，淮北淮南变脸橘。
缘木空求水中月，临渊徒羡子非鱼。
螳螂蝉雀屠龙技，运斤成风卸磨驴。

鹧鸪天·荷色

——用东坡韵

昨夜寒乌过粉墙，今朝疏雨落花塘。荷苞尤带三分苦，月影长留一抹香。

山外外，水旁旁，浮生难得比残阳。江湖到处飘白发，秋水春心一样凉。

鹤冲天·靖康事

——用柳七韵

恁般皇上，天命回头望。家国乱风云，凄然向。本是风流子，羞作黄天荡。不如死后丧。良将忠臣，自毁长城天相。

太监当道，竟似国亡孽障。哭遍五国城，无人访。管煞宫娥太后，小公主，任人畅。江山饶半饷。骨气全无，换回佑陵绝唱！

丑奴儿·老秋
——用稼轩韵

庙堂偏爱江湖好，楼外红楼，楼外青楼，一点朱砂半点愁。

江湖错爱庙堂远，愁也无休，羞也无休，个中风流似老秋。

浣溪沙·南山
——用少游韵

云外青山山外楼，每于霜尽却悲秋。城中难得此间幽。

老友半生消老梦，清茶一盏换清愁。青衣水袖压吴钩。

鹧鸪天·宋事
——用易安韵

还我河山漫作柔，临安偏隅愿长留。已无故国休回首，尚有富春江上流。

梅花苦，桂花羞，开封犹在过中秋。勾栏天子师师梦，赢得香魂死后收。

拟悲怀三首
——用元稹韵

风流才子偏怜女，自附名门也意乖。
挨尽卑微屈上驿，迎来权贵戴高钗。
流居天府贪新纸，安国华胥仰大槐。
暴死南昌非命短，香山司马值金斋。

三妻四妾随风去，五马七车伴雨来。
才到惊天该命苦，情从入地转时开。
一经宦海无生路，二借故人有死财。
底是男儿能作诔，不堪荣辱不堪哀。

蒲州清苦益州悲，辗转洛阳命好时。
涪道长流不老药，越家遍地采春词。
竟如生也足生意，但得死余复死期。
辜负良人辜负己，致君花下对山眉。

鹧鸪天·星河
——用稼轩韵

别是人间有别愁，星河越远越轻柔。风云岂合偏长尾，日月无非最小头。

情不老，恨该收，无边黑洞起空楼。百年一瞬都不够，甚么自由不自由。

浣溪沙·鬼人

——用晏殊韵

路过人间似罪身，为谁舍不得牵魂。不该夜夜梦相频。

鬓角又添七分白，眉梢尚有十年春。来生做鬼不当人。

东哥赋

——应亚东嘱

东哥大号满钢都，誓把迷途作坦途。
君若寻花花有罪，君如问柳柳无辜。
投身虎旅因情债，报国乌门爱酒壶。
梦醒何方能放下，半身雅骨半生俗。

临江仙·大宋

——用东坡韵

谁比窝囊如大宋，仿佛家在江东。满朝都在画春风。开封不要了，山水尚千重。

学士太多真误国，男儿个个花容。你侬未必胜吾侬。临安风月好，词笔正忙中。

虞美人·静庵诔

——用静安韵

山重水复疑无路，柳暗花明误。蓦然回首病魂销，独上高楼、望尽海宁娇。

如今湖水昆明在，衣带应先悔。百无一死报君恩，灯火阑珊、骗了读书人。

蝶恋花·静庵叹
——用静安韵

死便安宁生便苦，何必清流，葬汝花些许。路过人间能呓语，无情物里无穷暮。

若到汨罗应共诉，哭遍江南，摇曳风中缕。此去匆匆留晚住，三更月下梧桐树。

木兰花·立春
——用放翁韵

寻常日日家山道，斜系麻袍歪戴帽。不知寒尽已春生，只怪村头多稗草。

多晴不若无晴好，岭上春风风已倒。君归何处庙堂高，我在青山能不老。

鹧鸪天·自由

——用稼轩韵

路过人间放过愁，清辉万里桂花楼。当年帝子应无恙，只拟相逢雪满头。

歌无尽，酒无休，天生傲骨去王侯。心无一物风云散，甚么自由不自由。

西江月·秋水

——用稼轩韵

万事白头不见，一生侠胆都衰。花开花落但长宜，别有人间堪睡。

学问都归天外，工夫懒得心支。老来只管唤风儿，给我吹吹秋水。

临江仙·寄雪

——用小晏韵

酒贱常愁客少，月明难得云稀。人间最美悼亡诗。悼时人不在，人在不亡时。

遥想乡关何处，细斟故国谁知。未曾上路便思归。青山应寄雪，红豆正分枝。

读史·阴人

为臣容易为君难，佳丽三千似等闲。
社稷何须须炼鼎，江山不要要春丸。
雍离府外咸阳远，玄武门前剑影寒。
羞使阴人成大器，试将天下让红颜。

南山经

禅房挂锦袍，闹市卖秋刀。
客少三分薄，身多一寸骄。
新来无雅骨，旧爱是风骚。
净水生灵石，空山煮妙醪。

天命

剥开人性探幽微，众说纷纭是与非。
满眼风光无利胆，一生惆怅到低眉。
劝君惜命逃情债，为我挥斤砸酒杯。
向使霜天云雾里，寻常老却不须归。

紫园

翠鸟鸣流云，花香留美人。
石径通幽谷，紫园雨后新。
藤苑木棉老，竹房野草深。
不见水穷处，萝船春上春。

三娘湾

海上小帆回，春桃已盛开。
流云含半雨，翠鸟落新苔。
不见三娘影，空怜四海才。
伏波平细浪，岭上听乌雷。

千山雪

君子莫修禅，禅中作苦缘。
有诗才万古，无雪不千山。
聚会风云散，往来天地宽。
石棚藏日月，岭外自飞烟。

沁园春·祭酒

——用稼轩韵

杯酒当年，何似今朝，放浪形骸。任逍遥日月，无关云雨；悠游天地，只道风雷。恍乎心头，超然物外，何处行尸何处埋？问天下，汝今为老儿，且共欢哉！

应怜生死为媒。却放过八仙君莫猜。已出离三境，有情有爱；重回五德，无病无灾。醉也无非，无牵无挂，却似空空泪满杯。都无恙，但白头知己，老亦能来。

沁园春·沙昙

——用虚斋韵

天地开怀，日月轮回，与吾者三。看朝来暮去，岂能留住；鸟飞花谢，无意相参。王母昆仑，玉皇东海，不似西游也不堪。都无恙，只人间路过，邂逅沙昙。

香岩，青出于蓝。念家在辽东过岭南。只半世徒劳，流光虚度；一身无碍，世景空涵。酒不醉人，诗能解恨，唯我独居睡大酣。都过了，剩江湖遗梦，摇落星潭。

浣溪沙·闲人

——用静安韵

字外功夫啜酒醺，酒中风物剪城昏。晚凉天气只须云。

浊眼诗书翻旧恨，白头岁月弄新尘。不如做个最闲人。

浣溪沙·释君

君与春风各有期，花开花落两由之。多情切莫惹相思。

满目青山空眺远，一轮红日又沉西。人生无奈几多时。

西江月

——用东坡韵

昨夜花楼醉倒，醒来疑是长安。一朝天子一朝官，千古难逃别案。

当假便须作假，知难不似真难。曾经死水泛微澜，执念如今该断。

无题

——用鲁迅韵

又是春愁春恨时，忍将白发染青丝。
次仁家里三生界，尼玛堆中五色旗。
笑我不端拼命酒，劝君莫写断头诗。
越南变幻寻常事，只似新衣换旧衣。

己亥惊蛰

雪化结梅胎，冰开惊蛰洞。
寒穷万籁鸣，从此春风共。

己亥惊蛰赠己

莫对山川草木悲，无情最可入诗词。
已闻惊蛰连心动，又见南风报晓回。
故国遥遥伤往事，他乡隐隐听春雷。
浮光一寸浑无赖，造物先痴我后痴。

如期

半是官身半草根，劳心劳力两难分。
无为大道迷宗影，有限流光度法门。
懒向尘寰争错爱，已和天地共回春。
一从别酒还诗债，向死而生掩泪云。

减字木兰花·放过

——用少游韵

人间别恨，天下兴亡天下问。寸断肝肠，炉烬灯残淡淡香。

玉颜应敛，日下蒿莱心半展。最怕登楼，放过功名放过愁。

自画像

——应南山觉士嘱

天生一个金大宝，鬼才怪论全息脑。
路过人间一百年，看破红尘脱不了。
只为真性情偏痴，嗜酒如命死不知。
纵横古今天下小，千年一遇尚嫌早。
自信天才不要才，敢携东海踏风雷。
云中君子呼子虚，翩翩骑上北冥鱼。
弹古调，唱新歌，佻戏白石道人多。
骂遍诗坛皆乌有，九原元不如走狗。
已将生死抛天外，天外重拾一寸爱。
满腹荒唐为戏言，寰球炎热我独寒。
曾经逞善贪功名，入世不行出世行。
梨花如骨透天香，我是南山员外郎。

一缕茶香

似汤还似药，如饼亦如花。
三问喫茶去，无心即到家。

南山五老歌

南山觉士金大宝，诗与人名同不老，
本是路过人间客，醉卧兰台知音少。
全顺大号崔太师，水墨丹青天下知，
此岸彼岸无东西。梁晨大脑能通神，
手绘山房筑黉门，自带风烟绝凡尘。
晨旭少年可称王，琴声一响即开扬，
始闻天籁本激昂。常青灵辩最长青，
才女无名是有名，一多不分德先行。
南山南山三大千，大千大千大千巅，
梨花书院云中落，溪谷潺潺通人间。

老子叹

不信人间负我多，抛诗别酒解心魔。
美人名马空缰索，绿水青山枉臼窠。
旧道士成新道士，小头陀变老头陀。
每于夜半风骚起，天下无非刍狗窝。

大成吟

已同天地共回灵，误尽苍生集大成。
巢父抛瓢羞辱姓，许由洗耳怕污名。
致君尧舜九州长，让帝伯叔四海清。
又过尼山夫子洞，骑牛何必向西行。

横道河夜栖

披云戴月万山丛，此地堪称四大空。
汽笛一声松破绿，霜溪半亩石流红。
西风已在东风里，入世偏藏出世中。
坐到无人消永日，邻家归鸟却相逢。

后主行

读诗三百词三万，燕语莺声寻常见。
弱柳柔花红一点，雪月偏能酸人眼。
不是小周能亡国，分明李郎筋骨软。
朔风起兮云飞扬，天地空旋光阴转。
谁不天生爱江山，英雄难过美人关。
君王最会惹人怜，卖尽功名似等闲。
任尔新来韩擒虎，美人帐下犹歌舞。
羞将文采落人间，莫惜杏花葬江南。
国亡散尽楚宫腰，可怜美人度春宵。
太祖如何不早朝，后主如何把泪抛。
醉里吴颜相媚好，北人却合江南老。
南国有山皆卖弄，江东无水不风骚。
山漫漫，水迢迢，一别乡音归梦遥。
来生不生帝王家，来生莫要笔生花。

己亥清明

清明时节雨如金，
特遣春风拨弄心。
洗尽铅华无限恨，
一蓑独立满天银。

清明

——用放翁韵

春来又见美人纱，
不似去年旧芳华。
苏小小在何处死，
陈圆圆是谁家花。
贫道几曾能相面，
老僧何必也喝茶。
不如大梦尘网里，
随意清明过酒家。

水龙吟·清明抒怀

——用稼轩韵

与人未解功名，沧溟谁是操盘手。云高无眼，天低无力，新来怀旧。日去何方，月归何处，星移柄首。岂小儿家国，寰球凉热，操心事，天知否？

任尔龙争虎斗，不相干、几番昏昼。把心向内，遣情向外，御风飞走。问道无由，谈诗无语，只如花酒。倩何人，相向而行得见，我增君寿。

秦淮河
——用刘梦得韵

金陵王气暗飞花，不尽长江带影斜。
若问年来多少事，秦淮八艳是君家。

采石矶
——用子厚韵

一江春水绝，千朵流星灭。
丈夫无死生，天外怜飞雪。

七子行吟

不负江南烟雨楼，采云石上望江流。
霸王已死乌江黯，地藏长生天柱浮。
枉怪多情伤玉水，岂因无梦到徽州。
辽东七子弦歌事，气压秦淮一片愁。

梨花颂

夜逢白鹤衔灵芝，翩翩飞落千山西。
白云白鹤杳无声，梨花深处水头栖。
我欲临风弄花池，花池浅浅葬花痴。
月下无人堪对赏，羽衣挂在梨花枝。

浣溪沙·清明

别有闲愁似旧时，东风无力惹相思。清明容易使人痴。

未遣清茶先入味，待怜红杏却无期。一天一句断肠诗。

己亥清明西行

良田百里数千坟，又见活人埋死人。
旭日初升烟色重，乌鸦早睡晓风沉。
辽河水底鱼鳖少，沙岭城头草木春。
黄土狐猕愁白发，荒村鸡犬不相闻。

己亥清明雨游皇城

大龙已去小龙回，天命潜龙四海归。
国子监中无祭酒，雍和宫内有王碑。
红袍黄带承天意，七宝八珍授子绥。
雨过长安新气象，时逢惊蛰听春雷。

遣悲怀

天涯行倦懒倾怀，卧听春风唤雨来。
长夜安魂收知客，高风送骨遣鬼才。
且随太白呼明月，只共东坡把酒杯。
老庄已死文章在，几个骚人可值哀？

大千哥

——应南山觉士嘱

别有诗名误此生，轮王都死玉霄轻。
一珠露水当然重，万里霞光分外明。
每在人前说鬼话，长于夜半写心经。
冬袍已破春袍旧，七月无衣也纵横。

夜游宫·中年

——用美成韵

只剩千山万水，去不得，老僧家里。屈指人间几才子，在京华，在江南，多瓦市。

旧恨浮云底，更面对，薄愁新坠。为唱轻词曲轻起，解连环，夜游宫，传素纸。

夜游宫·酒歌

——用梦窗韵

才子风流杳杳。怅代代、江山如觉。送别英雄自昏晓。美人悲，问西风，已了了。

白发空生早。恨万里、知音堪少。去国漫游蜀山道。向天歌，未开颜，怎心老。

六丑·大晟词
——用美成韵

又无情风雨，生春夜、暗香如掷。数点离魂，浮游空织翼。寻乞留迹。又似光千里，驾云趁电，上清凉仙国。天街无处亲芳泽。别似人间，寻常巷陌。一身寒衣堪惜。见梦中模样，冰冷霜隔。南门空寂。

正休红歇碧。问谁家公子，无消息。闲愁两处新客。莫残杯清月，对邀春极。千万恨、竟如前帻。不该信轻别，飘风洒雨，西窗半侧。心无力、尚有余汐。待老时、谈笑说归去，怎能骗得。

六丑·过客
——用美成韵

且呼风唤雨，自天外、酒瓢飞掷。天地无形，飘飘浮大翼。光痕云迹。骂飞仙无用，徒留名字，只别家去国。若天上云梦老龙泽。故作多情，野花阡陌。赢来千年叹惜。与人间一样，两处悬隔。家园如寂。

正消红去碧。渐黄沙万里，堪太息。回头都是归客。待愁肠百褶，众生穷极。谁先死、白衣黑帻。也不枉光棍，西娘扶枕，东君在侧。最如意、月下秋汐。有少年、识尽愁滋味，白头了得。

姑苏谣

又见姑苏桃花坞，桃花坞外山塘街。
人去楼空花满地，雨中虎丘惹空碧。
云烟缭绕风涩涩，山塘河水无颜色。
吴王越王各失国，馆娃离魂香不落。
侬音昆语添长夜，长夜清凉眠不舍。
仿佛湖边逢泰伯，至今江南有至德。
那堪忘记韦苏州，依稀遇见姜白石。
风流才子唐伯虎，形毁人亡名不死。
乐天东坡冶游处，心奴真娘已无骨。
阊门曾挂子胥头，枫桥多是无家客。
人到坟前知情薄，生前死后各萧瑟。
满城故事掩太息，几人凭吊几人说。
不恨前人太风流，只恨今人不识我。
我变前人奈若何，看破红尘脱不得。

过上郡

西望定边天际涯，梅花万里落长沙。
征人碛里休回首，只见黄云不见家。

己亥谷雨

南山逢谷雨，春意感时浓。
手值梨花杖，来邀病后翁。
香气先扑鼻，深红笑浅红。
清溪闻不见，没入石桥东。

雨霖铃·燕宴
——用柳七韵

梨花清切，正伤心也，雨慢风歇。池塘满了春水，空照我，中年白发。心事恍惚不在，去天外哽噎。莫有恨，了却人间，半世浮名梦中阔。

花卿昨夜轻轻别，纵无言，念得哭时节。丁香却似心苦，根更苦，半轮山月。月上梢头，把酒邀杯，对影重设。待酒醒辜负何人？孑孓自空说。

戏题张天师
——应世刚道兄嘱

张天师是幻中人，落在人间已不真。
敢向米癫当石种，且随怀素写烟云。
浮名本就一泡尿，洪法无非半扇门。
我似谁来谁似我，当今天下已无群。

蝶恋花·春社
——用赵德麟韵

眼角眉山横不尽，昨夜晴波，今日花堆阵。小试春茶依旧困，闲来容易添新恨。

欲卷衣裳谁与问，云里芳笺，云外催成信。拟对清欢愁半寸，来生会比今生近。

水龙吟·沈园
——用稼轩韵

满城风雨无期，沈园不见红酥手。章台闲柳，兰亭残月，当年依旧。记得青丝，自从别后，已成白首。任阴阳双隔，香魂不散，君应怪，天知否？

北斗渐成南斗。怅流云、也欺昏昼。朱颜镜里，小轩窗外，蝶飞鸳走。病里余生，花间词话，几曾别酒。梦中人、料得醒来春后，伤一分寿。

庄子

不向人间说尽思，肝肠寸断有谁知。
头陀已破青裟冷，心事多余苦胆痴。
大道无为为不了，深情该死死难期。
庄生抚井寻知己，秋水逍遥听马蹄。

二生

君向东门我向西，君居高处我居低。
风来蝴蝶藏云亩，花谢鸳鸯戏水池。
大地回春空入眼，苍天问道有谁知。
南山觉士烟魂散，万罪归一过死期。

春碑
——用老杜韵

万古竟如一寸哀，乾坤斗转也空回。
江山野草悠悠去，块垒浮云沓沓来。
曾入黄泉轻史册，敢随白鹤弃仙台。
美人名马多情债，莫问何年祭酒杯。

弦歌
——用李义山韵

五十年如五十弦，一弦一岁哭华年。
庄生蝴蝶无蝴蝶，望帝杜鹃非杜鹃。
鸿雁高飞别秋信，梨花香透了春烟。
天长地久有时尽，此恨绵绵已木然。

临江仙·鸿沟
——用杨升庵韵

无古无今无限恨，红尘埋尽豪雄。已抛惆怅入云空，人间缺憾事，天上剩残红。

骂遍韦编三绝易，合该草莽当风。若非地下肯重逢，荥阳焚纪信，天下有无中。

后记

诗与诗人
——不得不说的话

诗是什么？是最简单最凝练的文字表达出来的最丰富最深刻的情感。诗人是什么？是悲剧的代名词，是生死之间的巫者。很多以诗的名义存在的文字与诗无关。很多以诗人的名字存在的家伙与诗人不搭界。

诗不是诗人自我的矫情、小我的发泄，也不是书斋里的修炼、禅茶里的参悟。诗不是风花雪月，不是金戈铁马，不是寒蛩悲鸣，不是落日余晖。不是烟，不是酒，不是爱情，不是电影。诗人不是作家，不是教授，不是博士，不是演员。不是文联，不是协会，不是业余，不是专业。

诗是最干净的心灵流淌出来的最清澈的溪流，是最孤傲的灵魂不得不向世俗作出的一丁点的妥协。诗人是先知先觉的悲剧，是大彻大悟的定格；是向死而生的洒脱，是路过人间的凝眸。

金宝

2019 年 6 月 28 日于千山芥雨轩

图书在版编目（CIP）数据

北冥集／金宝著. —上海：文汇出版社，2019.9
ISBN 978-7-5496-2992-3

Ⅰ.①北…　Ⅱ.①金…　Ⅲ.①诗词—作品集—中国—当代　Ⅳ.①I227

中国版本图书馆CIP数据核字（2019）第195183号

北冥集

著　　者／金　宝
插　　画／崔全顺
责任编辑／吴　斐
装帧设计／周　丹

出版发行／文匯出版社
　　　　　上海市威海路755号
　　　　　（邮政编码200041）
印刷装订／苏州市大元印务有限公司
版　　次／2019年9月第1版
印　　次／2019年9月第1次印刷
开　　本／787×1092　1/16
字　　数／30千
印　　张／7.5

ISBN 978-7-5496-2992-3
定　　价／58.00元